ブロック・ネットワーク

仲音英詞

NAKANE Eiji

文芸社

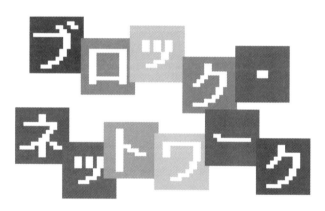

目次

制作、初体験！

高校を登校拒否した僕は完全にやる気を失くしていた。幼なじみのハルカが心配して訪ねて来てくれるけど、正直うっとうしい。ハルカは面倒見がよくて身の回りを世話してくれる母親みたいな存在である。僕が今ハマっている趣味はおもちゃのブロックでミニカーを作ってツイッターに投稿することだ。

いつものようにブロックと向き合っていたら、おせっかいなハルカが僕の部屋へ上がり込んできた。ハルカが言った。

「またブロックで遊んでんの？　少しは外に出掛けたら？」

「うるせ〜なぁ。今いいトコなんだから邪魔すんなよ」

「せっかく来てやったのに……。勝手にすれば」

ほっぺたを膨らませたハルカは何だかんだ言いながらも僕に合わせようと気遣いしてくれる。そんなハルカの優しさに僕は気付いているのだけど、なかなか素直になれずふて腐れていた。ハルカはつまらなそうにブロックのパーツをくっつけたり離したりしている。

　僕が言った。

「お前も何かつくってみろよ」

「どうやればいいいか分かんない」

とハルカが言うので、僕は部屋の押し入れからブロックが収められている新品の箱を取り出した。

「こんなかから好きなやつ選べよ」

　ハルカがちょっとだけ反応した。ハルカは未開封のセットに目を向けた。

「本当にどれでもいいの？」

「パーツ取りに買っておいたけど結局必要なくて積んであるんだ。好きなの持ってけよ」

「本当にいいの？」

「遠慮すんな。早く決めちゃおうぜ」

それでもまだハルカは加わろうとしない。堪え切れなくなった僕は一つの箱を差し出した。

「これなんかどう？　ハルカ好きそうじゃん」

二階建てのコテージだった。

「これあげるから早くつくろうぜ」

「難しそう。一人じゃできない」

「じゃあ俺が手伝ってやるから」

「本当？　私にもできるかな？」

僕はセットの説明書をハルカに見せた。

「ほら、ここに描いてある通り組み立てりゃいいんだよ。簡単じゃん」

なんとか説得に成功した僕はセットの箱を開けた。まず説明書をハルカに手渡した。

ハルカは説明書をパラパラと捲って、全体の流れをつかもうとしている。

僕が言った。

「そろそろ始めてみようぜ」

僕らはブロックが入った袋を縦に裂いた。それをテーブルの上に勢いよくブチ撒くとパーツで溢れ返って、ガチャガチャとうるさく音が高鳴った。フローリングの床にブロックがこぼれ落ちるほどだった。

「すごい衝撃ね。耳が痛くて痺れちゃった」

僕は最初に組み立てるパーツを探してハルカに渡した。このような流れでハルカのブロック玩具初体験がスタートした。

ハルカは説明書とにらめっこしている。僕は組み立てるのに必要な部品をなるべく早く用意しようと心掛けた。探している時間のストレスをハルカに与えたくなかったからだ。

まず建物の土台となる大きめのプレートを準備した。すると、ハルカが僕の方に関心を寄せた。そして、次のステップへ進むために必要なパーツを要求した。僕が見つけて説明書の近くに置いてやった。ハルカはそれを拾い上げて、恐る恐るプレートに載せた。慎重にじっくりと、何度も力を入れてパーツを押し込んだ。

ハルカはコテージの脇にあるバスケット・コートを難なく作った。いよいよ建物に突入。一階のフロアを少し戸惑いながらもハルカは自力で組み立てた。二階の屋根を重ねるところでハルカが手を止めた。屋根裏部屋の構造に戸惑ったようだ。僕がアドバイスしてもハルカは作りたがらない。仕方がないので、その部分は僕が組み立てた。そしてハルカは建物を完成させた。残りはバーベキューや樹木、オープンカーを作ればよい。説明書にあるオープンカーの写真を見て、ハルカが言った。

「このクルマ、いつもナオトが作ってるやつじゃん。なんかカワイイね」

我に返った僕は、作りかけだったミニカーのことを思い出した。

そうだ。こんなことしている場合じゃない。早く仕上げてツイッターに投稿しなくちゃ。ハルカを玄関まで見送ったあと僕は、作りかけのミニカーを完成させるのに集中した。自分でチェックし違和感がなくなるまで修正して出来上がり。それをデジタルカメラで撮影してツイートする。

投稿には＃４ＳＳＴＭというハッシュタグをつけた。４ＳＳＴＭとは「４　ＳＴＵＤＳ　ＳＣＡＬＥ　ＴＯＹ　ＭＯＴＯＲＣＡＲＳ」の略称である。別の呼び方としては四型車とも言う。４ＳＳＴＭユーザーグループの主宰者はワタルさんという社会人の方で、四型車に特化したブログで自動車作品を紹介していた。ワタルさんはオフ会や展示会などの常連で、精力的に活動している様子だった。四型車ビルダーたちはみんな、彼に絶大な信頼を寄せていた。別なジャンルのブロック・ビルダーとも交流していて、あらゆるビルダーに好かれている人気者だった。

僕も4SSTMユーザーグループに所属していた。ワタルさんのブログを熱心に閲覧することで、知識と技術を吸収させてもらった。北海道の巨匠であるレモネードさん、四国のテクニシャンであるバンドエイドさん、若きカリスマ高校生のモナカ君、変幻自在の魔術師ヒデさんなど、ブログ内のそうそうたる四型車ビルダーの作品を見て参考にした。

今回僕が作ったのは実車再現ではなく、オリジナルの意匠を凝らしたスポーツカーだった。

ツイッターに投稿するとフォロワーの方からちょこちょこイイね！を押してもらえた。しばらくするとワタルさんがリツイートしてくれてイイね！の数が増えた。ワタルさんのフォロワーには四型車ファンが多いからだ。そのことから僕はワタルさんに感謝の気持ちを持っていた。僕自身もワタルさんによる四型車関連の投稿にイイね！　を押したり、リツイートしたりすることで返礼してはいた。

でも僕はワタルさんよりタニガワさんを尊敬していた。タニガワさんはブロック・トレイン界を束ねる実力者だった。タニガワさんはトレインだけでなく四型車にも力を入れていて、トイ・ブロック界隈のパイオニアともいえる存在だった。僕はタニガワさんのブログで初めて四型車を知って、それ以来魅了されていったのだ。

一方のワタルさんは暴走族が乗るようなクルマをブロックで作ることもあった。僕は中学生だった頃、暴走族に入っていた同級生にカツアゲされた。その嫌な記憶から僕はどうしてもワタルさんの推し進める世界に馴染むことができないでいた。

興味深いイベント

夏休みが終わっても、学校へ戻る気になれなかった僕は、ツイッターで興味深いブロックのイベントがあるのを知った。横浜の鶴見地区センターで開催されるフェスティバルだった。幹事はタグチさんという方である。タグチさんはブロックのバイオテックというジャンルに情熱を注いだ先駆者で、バイオテックのマニアからリスペクトされていた。

僕はイベント開催支援サービスのツイプラというサイトで鶴見フェスについて確認した。

このフェスは鶴見地区センターで生涯学習や趣味などの講座を受けている人たちが作品発表をする場だった。その一角としてブロックを展示するブースが設けられている。当日は屋台やキッチンカーもお目見えするようだ。

ツイプラの参加者リストを眺めるとタニガワさんやモナカ君の姿がある。僕は憧れていたタニガワさんに会えるチャンスだと思った。それにモナカ君の四型車を実際に見てみたい。でも僕はオフ会や展示会に出席したことが一度もなかった。不登校で自宅に引きこもったままだから、外出するのが億劫になっていた。とても一人では行けそうにない。情けないけど、幼なじみのハルカに付き添ってもらうしか手がなかった。

僕はハルカに連絡した。

「もしもし、ハルカ。俺だけど今大丈夫？」

「どうしたの？　何かあった？」

「ちょっとお前に頼みたいんだけど……」

「えっ！　何？」

「ブロック玩具の展示会があるんだけど、一緒に来てくんない？」

「えっ！　なんで？」

「いや、俺一人じゃ不安でさ……」

「ナオトの気持ちは分かるけど、私あんまりそういうの得意じゃないし……」

　当てが外れた僕はがっかりした。

「じゃあ、俺も行くのやめっか」

「待って。それなら私も行く」

　諦めかけた僕にハルカが手を差し伸べてくれた。僕の心に希望が湧いてきた。

「あんまり期待しないでね。本当になんにもできないんだから。手伝うだけだかんね」

　こうして鶴見フェスに参加することを決めた僕は、当日にどんな作品を展示するか悩んでいた。フェスは十月下旬に行なわれる予定であった。まだ時間に余裕がある。だから、一ヶ月後まで迫ったビルダーコンテストを優先することにした。ビルダーコンテストとは毎年この時期に、画像掲示板で四型車ビルダーが腕を競って作ったブロックのクルマ写真を投稿し合うイベントだ。今年はリーダーであるワタルさんが【戦うクルマ】というテーマを出した。

　僕は【戦うクルマ】とは何か考えてみようとした。真っ先に浮かんだのは兵士や武器を運ぶトラックなどの軍用車だった。その次に思い付いたのはレーシングカー。F1グランプリを代表とする競技用の自動車だ。舗装されていない荒れ地を走るラリーカーも面白い。けれども、ありきたりすぎてインパクトがなかった。

　そこで僕はアメリカのプロレス団体WWEに登場するモンスタートラックを思い出した。ストーンコールド・スティーブ・オースチンがザ・ロックの愛用している高級セダンを踏み潰して破壊する場面に使われたクルマだ。

【戦うクルマ】というテーマにぴったりの題材が見つかった。WWEの熱狂的なファンである僕は、どうしてもこのシーンを再現してみたい衝動に駆られたけれど、モンスタートラックを作るのは初めてだったから自信がなかった。

とりあえず手当たり次第にネットからモンスタートラックの画像を拾って、構造がどうなっているかを観察してみた。トラックの足回りが複雑に見える。それを今の僕の力量で表現できるか不安でいっぱいになった。だが、権力に決して媚びることのないストーンコールドという反逆者は僕の心をとらえて離さない。彼の相棒ともいえるモンスタートラックを誰よりも先にブロックで作って発表したい気持ちが抑え切れなくなった。

難易度の高い足回りは後にして、まずトラックのボディから取り掛かった。プレート部分の長さが６ポッチである一体成型フェンダーを選択することにした。ボンネットの中央にストーンコールドを象徴する頭蓋骨がプリントされたタイルと蛇の曲面スロープを置いた。Ａピラーには３本指レバーと呼ばれるヒンジを採用し、ボンネット部分にある２本指のヒンジタイルとつなぎ合わせる。ルーフはトレイン用の煽戸を使う。その下に取っ手付きプレートを挟み、Ａピラーのクリップタイルと結合させた。

そして45度のスロープをCピラーに見立て、その上に4本指のヒンジタイルを積み、屋根のパーツと組み合わせて、なんとか基本的なラインを描くことに成功した。

運転席のドアにもこだわった。専用のドア部品ではなく、取っ手付きのブロックにクリップがついたプレートを2枚重ね合わせた。ストーンコールドは相手のレスラーが発言した後、それを遮るように「What?」というセリフで挑発する。その疑問符「?」がプリントされたタイルをドアに貼りたかった。荷台部分の扉もヒンジパーツで開閉できるようにした。荷台と屋根を支えて補強するための柱をパンダグラフホルダーで表現してみた。ボディの側面にプリントタイルを付けて、ようやく上半身ができた。

残りは課題であった足回りだ。サスペンションとステアリングの可動を両立させなければならない。サスペンションはショックアブソーバーというバネが内蔵された部品を組み込むことにした。ステアリングには360度回転するターンテーブルを使用する。そのままだと可動域が広すぎるので、制御する必要があった。さまざまな長さのフレキシブルホースを前後につなげて解決しようとしたが、短かったり長すぎたりでぴったりこなかった。それに見栄えもしない。ちょうどいいパーツが見つからずギブアップ寸前まで追い込まれた。

すがる思いでネットのパーツショップを漁っていると、面白そうな部品があったので、すぐに取り寄せた。ステアリングラックというパーツだった。伸縮性のある素材を使用しており、形はコイル状のバネみたいで、両端にペグと接続するための穴が開いている。早速それを試してみたら、ステアリングの可動域が狭まり、良い具合に収まった。見た目もトラックの一部として違和感なくマッチしている。この問題をクリアした僕は、完成への手応えを感じて嬉しくなった。

しかし乗り越えなくてはならない壁がもう一つあった。サスペンション用に取り付けたショックアブソーバーを何かで固定しないといけない。まず厚いリフトアームの間にテクニック・リンクと呼ばれる部品を噛ませた。そのわずかな隙間にバーを差し込むことでストッパーとなり、ショックアブソーバーが前方に倒れるのを防ぐ。仕上げはタイヤ選びだ。ホイールにタイヤを2つ重ね履きさせて迫力を出した。それらの工程を経て、ついにモンスタートラックが出来上がった。

ビルダーコンテストに投稿するための写真を撮る段階まで進んだ僕は、何か足りない気がした。モンスタートラックに踏み潰されるクルマは、今まで作った四型車の中で一番似合いそうな白いセダンにした。実際のプロレス番組では駐車場が舞台だった。だから僕も最初はロードプレートにモンスタートラックを置いて撮影した。それでも充分であったけれど、凝り性の僕は物足りなさを感じた。いっそのことプロレスリングにしたらどうだろう。

早速ステージとなるリングを組み立てようと思った。けれども、リングにモンスタートラックを入れるのは現実的じゃない。そういう疑問が一瞬、脳裏をよぎった。だけど僕は突き進んだ。おもちゃだからこそできる場面もあるじゃないか。リアリティーを超越した面白さに懸けてみようじゃないか。

リングの土台は32ポッチ×32ポッチの大きさである白い基礎板をチョイスした。リング端のエプロンと呼ばれる細長い踏み場を黒いプレートで囲んだ。四隅には丸いラウンドブロックを5つ重ねてリングポストにした。ロープの長さは26ポッチ、色はスマックダウンという番組で使われている青にした。８ポッチのプレート２枚と10ポッチのプレートをブロックで連結する。それを3本リングの四方に張り巡らせた。

満足できるところまで漕ぎ着けた僕は、自分が使っている椅子の背もたれと座面に48ポッチ×48ポッチの基礎板をそれぞれ1枚ずつ配置した。部屋の一部を隠すことで生活している空間を切り離し、ブロックの世界に没頭させるためだ。そのスペースにプロレスリングを設けた。リング上には白いセダンとモンスタートラック。セダンの屋根とボンネットに、トラックの大きなタイヤを踏ませる。そのポジションをどうするかで悩んだ。

セオリーに従えば真横のショットが正解である。実際の場面でもモンスタートラックはボンネット、ルーフ、トランクを通過した。でも、それだと迫力が伝わらない。ＷＷＥは何台ものビデオカメラで、さまざまな角度から被写体を動画に収めているが、今回のビルダーコンテストは1枚の静止画で勝負するのだ。理屈よりも印象を重視して、ど真ん中の構図にした。欲張りな僕はモンスタートラックだけでなく、踏み台にされるセダンの様子も写したかった。

だからフロントマスクが見えるようセダンをナナメに置いた。そのボンネットと屋根を、トラックの前輪が力強くとらえる。試行錯誤の末に探し当てた画面構成だった。

準備万端整って、再びデジタルカメラの出番がやってきた。自分が気に入る1枚のため、数十回以上シャッターを押す。フレーミング、カメラの高さ、アングルなどを意識する。最もカッコよく見える位置を見つけたくて、上下・左右・前後にカメラを動かした。アオリはダイナミックであるけれど、モンスタートラックが宙に浮いているように見えてしまうから断念。俯瞰だと全体像がはっきりとして安定感が抜群だ。しかし今回に限ってはカメラを水平に向けるのがベストだと判断した。コンポジションが上手くいったからかもしれない。

狙い通りに近い数枚を得た僕は、ノートパソコンで編集する作業へと移った。まず、ビルダーコンテスト用の1枚を決定しなければならない。写真というのは不思議だ。初めに撮ったものが一番よく見えた。きっとあれこれ考え抜いたからであろう。以降は、それを基準として似たショットが多かった。意外な結果に驚きつつも、僕は最初の一枚を選んだ。

次に画像のサイズを小さくするために、ペイントというソフトで圧縮した。容量を軽くして読み込みを速くさせたいからだ。続いてはライトや色、明瞭度などの調整。プロレスの一場面なので思いっきり眩しくなるように加工した。最後に縁取りを黒く塗る。カメラのファインダーから覗いているような演出を施したかったからだ。視聴者が衝撃の瞬間を目撃している感じになったと思う。ここでも理論より自分の直感とセンスを信じた。できちまったもんはしょうがねぇ、何か文句あるかバカヤロー。そんな気分で僕はビルダーコンテストの開幕を待った。

九月三十日の午後十一時を過ぎた。僕は画像掲示板に張り付き、投稿するタイミングをうかがっていた。ビルダーコンテストは十月一日の午前0時にワタルさんがスレッドを立てて始まる。僕はキャプション用の文章を練っていた。

そうしているうちに日付が変わり、ワタルさんの号令でいよいよ戦闘開始。いきなりワタルさんが『ワイルド・スピード』という映画に登場するクルマを投稿して挨拶代わりの一撃。ワイシャツ君は映画007シリーズよりアストンマーティンV12ヴァンキッシュを投入。ミリタリーを得意とするトモヤン君は歩兵3名搭乗可能な軍用バギーだ。だんだんと四型車ビルダーが参加してにぎやかになっていく。

僕も祭りを盛り上げるためスレッドに返信しようとした。記入フォームを呼び出して、題名やコメントなどを書き込んでいく。タイトルは『ストーンコールド・クレイジー』。コメント欄に写真の説明を打ち込む。プロレスの実況アナウンサーと解説者が絶叫している様子を挿んだ。

「なんてことだ。ロックの高級車がブッ壊されちまったぞ!」

「信じられない光景です。オースチンがまた偉業を成し遂げました!」

WWEが過激にエスカレートしていった象徴的なシーンであった。おしまいに添付する画像をファイルの中から選んだ。間違いがないか何度も確かめて、僕はモンスタートラックを出撃させた。このビルダーコンテストは人気投票や賞品もないので、純粋に有志が集まり作品を発表するだけだ。ライバルの評価が気になったけれど、そんなことはどうでもよい。みんなが思い思いに作った【戦うクルマ】と並べられて僕は誇らしかった。途中で何度も投げ出しそうになったけれど、挫けずに最後まで粘って無事ゴールへ辿り着けた。【戦うクルマ】というテーマを与えて、潜在能力を引き出してくれた主宰のワタルさんにも感謝しなければならないと僕は強く思った。

告白

それから数日後、久しぶりにハルカが僕の家へ来た。鶴見ふれあいフェスティバルの打ち合わせをするためだ。十月二十四日の土曜にブロック玩具作品を展示する。その前日に設営の時間が用意されていた。ハルカが言った。

「ナオト、何を出すつもりなの？」

「まだ決めてない。モナカ君と一緒に四型車を置かせてもらおうと思ってる」

ハルカはテーブルに放ってあったビルダーコンテスト用のモンスタートラックを興味深く見つめている。

「これカッコいいじゃん」

「当たり前だろ。何日かかったと思ってんだよ……」

「これ出せばいいじゃん！」

「出すに決まってんだろ、モナカ君と……」

「そうじゃなくて観客席とか付けたら？」

ハルカの率直な意見に耳を傾けた。

「ナオトがいつも観てるプロレス、お客さんいっぱいだよね。試合会場をつくったら？」

「いいアイデアだけど俺、クルマしか作れないし……。建物とか考えるの面倒くさい」

「私も手伝うから一緒につくってみない？」

「しょうがねぇなぁ～。やるだけやってみるけど、全然自信ないよ……」

鶴見フェスまで三週間を切っている。その日から学校帰りにハルカが僕の家へ立ち寄ってくれた。

ハルカとのアリーナづくりが始まった。プロレスに詳しい僕が言葉で構造を説明する。そしてハルカがノートに簡単な図で表していく。中央にはプロレスリング。それを囲うようにしてリング場外。プロレスラーが乱闘するところだ。実況席もある。それら全て覆って観客を収容する。レスラーがリングへ向かう前に通る花道も欠かせない。土台となる基礎板は48ポッチ×48ポッチを2枚、32ポッチ×16ポッチを5枚追加すればよいことが分かった。

　ハルカが描いてくれたスケッチを基にブロックで起こしていく。リングサイドの観客席から着手することにした。32ポッチ×16ポッチの基礎板を2つ並べて64×16の大きさに。それをもうワンセット用意してハルカに渡した。リングと観客席を仕切る場外フェンスは2ポッチ幅のブロックで作る。最前列にいる客の前にブロックを3個積んで横へ展開。その上にタイルを敷き詰めた。ハルカも僕の方に目をやり、見様見真似で組み立てている。

　観客をたくさん入れるためのひな壇に進んだ。基礎板にブロックで一段、二段、三段、四段とフロアを形成する。シンプルではあるが、大量のブロックを使わねばならなかった。僕は普段、厚みのあるブロックではなく、薄いプレートで四型車を作っている。だからブロックは腐るほどあった。僕らは無心でブロックを重ねた。単純な作業だったけれど、長さの違うブロックをフロアに合わせるのはテトリスみたいで面白かった。ハルカも夢中になっている。

一週間近くかけて僕らは観客席のフロアをブロックで埋めた。残りは両端にいる客が席から落下するのを防ぐ壁だ。ブロック7個分の高さでやはり一番上をタイルで敷く。これは時間をかけずに済んだ。ガード用の壁を作り終え、ようやく完成。僕らはそこへ小さな人形を置いてみた。１５０体の人形をどんどん並べていく。とりあえず何も考えないで適当に。人形を席に立たせると臨場感が溢れ出す。ギャラリーがいるからこそイベントは成り立つのだと僕は思った。

リング奥の観客席も同じ要領でやる。ここの広さは48ポッチ×16ポッチ。メインスタンドは二人で息を合わせた。僕とハルカの手が何度も触れる。真剣な表情で取り組んでいるハルカ。そんな姿に惹かれ、僕はハルカを女性として意識するようになった。

「どうしたの、ナオト？」

「別になんでもねーよ……」

僕は彼女に気付かれぬよう慌てて気持ちを隠した。きょとんとしたハルカは作業に戻った。

「俺、実況席とかつくったから後は任せた」

「えぇ〜ズルい。一緒にやろうよ」

密着したハルカとの距離を開くため、僕は立ち上がった。

「本当にどうしたの？」

「どうもしねぇよ……」

「さっきからナオトおかしいよ」

「おかしくねぇよ……」

「私、何か悪いことした？」

「俺、お前のこと好きになっちゃった」

突然の告白にハルカは狼狽している。僕はフラれるのが恐くなり逃げ出したくなった。この気まずい状況を冗談でごまかそう。だけど、こんな時に限って気の利いた言葉が浮かばない。ハルカは固まったままだ。

「やっぱ俺なんかじゃダメだよな……」

「嬉しい！」

思い詰めた彼女の顔が一気に緩んでいく。

「ずっと待ってたんだから、バカ！」

幼なじみの関係から両想いに変わった僕らはベッドでじゃれ合い口づけを交わした。

フェス

待ちわびていた鶴見フェスの開催日が目前に迫った。十月二十三日の金曜が設営だった。僕はハルカと作ったプロレスの会場と四型車をありったけ持って行くことにした。残念ながらハルカは学校の授業があるから設営に参加できない。

登校拒否中の僕が外出するのは本当に久しぶりだった。自宅を午前十時頃に出て、徒歩五分でバス停へ。そこで二十分待ってバスに乗車し地元の駅へ着いた。常磐線で上野まで行き、京浜東北線に乗り換えて鶴見駅で降りた。そこから歩いて鶴見地区センターに到着。午後一時を回っていた。

鶴見フェスが開催される場所はセンターの体育館である。受付にいた職員の方が案内してくれた。体育館に入ると習字や絵画などが展示されていた。左端の奥まで進むとブロック玩具のブースがあった。すでに数名のビルダーが集まって準備をしている。僕は初めてのイベント参加で緊張したが、思い切って声を掛けた。

「はじめまして、ナオトと申します」

数名の中から一人の青年が僕に歩み寄ってきた。幹事のタグチさんだった。

「どうも、タグチです。とりあえず空いているスペースに作品を置いちゃってください」

僕はみんなの迷惑にならぬよう目立たない隅へ移動した。早速プロレスの会場をセッティングし始める。すると、僕より一回り年上の方が気さくに話しかけてくれた。

「これ、画像掲示板の戦うクルマかい？」

「そうです。モンスタートラックの……」

「僕も投稿したんだよ。コナンのクルマ」

「もしかしてビターさんですか？」

ビターさんはトイ・ブロック界隈で屈指の実力を持つオールラウンドなビルダーだ。

そのビターさんは僕みたいな駆け出しにも気を配る優しい人であった。ビターさんが四型車を鞄から取り出しながら言った。

「これも一緒に置いてほしいんだけど……」

アニメ『名探偵コナン』に登場する阿笠博士のフォルクスワーゲン・ビートルだ。四型車を展示する場所はまだ決まっていなかった。高校生のモナカ君がロードプレートなどを持ってくる段取りになっていた。授業があるモナカ君は明日の朝に来場する予定らしい。そのことを僕はビターさんに説明した。

「そうなんだ〜。じゃあ明日よろしくね」

一時間くらい経過し、プロレスのアリーナをお披露目することに。タピオカさん、ティラミスさん、ジェイドさんも輪に加わった。みんな珍しそうな目をしている。僕は不安になり足が震えてしまった。そんな僕の様子を察したタグチさんが言った。

「獣神サンダー・ライガーって知ってます？」

「えぇ、もちろん」

「イメージしてたプロレスとかなり違うね」

料金受取人払郵便

新宿局承認

2524

差出有効期間
2025年3月
31日まで

(切手不要)

郵便はがき

1608791

141

東京都新宿区新宿1－10－1

(株)文芸社

愛読者カード係 行

ふりがな お名前		明治 大正 昭和 平成 年生 歳	
ふりがな ご住所	□□□-□□□□	性別 男・女	
お電話 番 号	(書籍ご注文の際に必要です)	ご職業	
E-mail			
ご購読雑誌(複数可)		ご購読新聞 新聞	

最近読んでおもしろかった本や今後、とりあげてほしいテーマをお教えください。

ご自分の研究成果や経験、お考え等を出版してみたいというお気持ちはありますか。

ある　ない　内容・テーマ(　　　　)

現在完成した作品をお持ちですか。

ある　ない　ジャンル・原稿量(　　　　)

書　名			
お買上 書　店	都道　　　市区 府県　　　郡	書店名	書店
		ご購入日	年　月　日

本書をどこでお知りになりましたか?

1.書店店頭　2.知人にすすめられて　3.インターネット(サイト名　　　)

4.DMハガキ　5.広告、記事を見て(新聞、雑誌名　　　)

上の質問に関連して、ご購入の決め手となったのは?

1.タイトル　2.著者　3.内容　4.カバーデザイン　5.帯

その他ご自由にお書きください。

(　　　)

本書についてのご意見、ご感想をお聞かせください。

①内容について

②カバー、タイトル、帯について

弊社Webサイトからもご意見、ご感想をお寄せいただけます。

ご協力ありがとうございました。

※お寄せいただいたご意見、ご感想は新聞広告等で匿名にて使わせていただくことがあります。

※お客様の個人情報は、小社からの連絡のみに使用します。社外に提供することは一切ありません。

「アメリカのＷＷＥです」

タグチさんは日本の覆面レスラーが好みなようだ。それでも僕はプロレスを知っている人がいて安心した。ティラミスさんが言った。

「ドウェイン・ジョンソンしか知らない」

午後の二時半を過ぎて、タグチさんが時計をチラリと見て言った。

「タニガワさんがまだなんだけど……」

前日設営は午後三時までと決められている。そろそろ帰り支度をしなければならない。そこにフォーマルな姿のタニガワさんが現れた。タグチさんが言った。

「遅いよぉ〜。もう時間ないですよぉ〜」

タニガワさんが言った。

「ごめんごめん、ちょっと忙しくて」

タグチさんがセンターの職員に事情を話している。タグチさんが言った。

「特別に五時までＯＫだそうです。タニガワさんの手伝いをできる方、挙手願います」

誰も手を挙げようとしない。みんなそれぞれ用事がある様子だった。タグチさんも無理らしい。タニガワさんが言った。

「皆さん、遠慮なさらずに。私一人でなんとかしますから。申し訳ないです」

チャンスだと思った僕は、恐る恐るタグチさんの方へ向かった。

「あの～、トレインのことは全然分からないんですが、ぜひ手伝わせてください」

タニガワさんが言った。

「いいんですか？　ありがたいです」

タグチさんが言った。

「じゃあ、ナオトさんが残るということで」

僕はタニガワさんと二人でブロック・トレインのインフラを整備することになった。

「はじめまして、ナオトと申します。いつもタニガワさんのトレインブログを拝見させていただき感謝しております」

「これはこれは、ご丁寧に。タニガワと申します。どうかそんなに硬くなさらずに」

「タニガワさんの四型車に憧れて、この道に入りました。お会いできて感激です！」

「四型車？　トレインじゃないの？」

タニガワさんはトレインのレールなどが入った袋を随所に配置した。効率的に作業を進めるためだ。

「ナオトさんは学生さんですか？」

「はい、一応。登校拒否中ですが……」

「了解、了解。お気になさらずに」

タニガワさんの指示に従い、僕は高架下の線路を敷いた。最初は慣れなくて戸惑った。だけど、タニガワさんが親切に教えてくれた。だんだんとコツをつかんだ僕は楽しくなった。調子に乗った僕はタニガワさんを質問攻めにしてしまった。特に僕が知りたかったのは、タニガワさんの経営しているパーツショップ「タニガワブリック」のことだ。以前から利用しようと思っていたのだが二の足を踏んでいた。タニガワさんにブリックチェーンでの買い方や代行輸入、国際便にかかる送料などの仕組みをレクチャーしてもらった。効率の良いパーツ調達は大事である。タニガワさんが言った。

「気軽に見積もりをください。無料ですから。見積もり段階でのキャンセルも自由です」

夕方の五時近くになって、センターの職員がやってきた。タニガワさんが進捗状況を報告している。

「七時まで大丈夫だそうです。八時には施設を全て閉めないといけないらしいです」

僕はタニガワさんと高架下と複線高架のレールを敷き終えた。あとは高架駅舎と細かなアイテムを加えるだけだ。タニガワさんは高架駅舎に苦心して何度も設置を試みている。僕は架線柱などを組み立てた。途中で職員の方がおにぎりやパンを差し入れてくださった。タニガワさんの高架駅舎が成功した時は、その場に居合わせた僕と数名の職員の方と一緒になって拍手を送った。

夜の七時になってタイムアップ。トレインの試運転などは明日に持ち越しとなった。僕とタニガワさんはセンターの職員の方に挨拶して鶴見駅まで歩いた。別れ際に僕が握手を求めると、タニガワさんは快く応じてくれた。

いよいよ鶴見フェス本番。当日の早朝に僕はハルカを連れて出発した。自宅から鶴見地区センターまでは三時間かかる。行って帰ってきたばかりの僕は疲れもあって眠かった。対照的にハルカは元気よくはしゃいでいる。

そうしているうちに目的地の鶴見地区センターへ辿り着いた。時計の針は午前九時半を指している。昨日と違いブロック玩具のブース以外にも人がいて、キッチンカーまで用意されていた。僕らはブロック作品が展示されている場所へ足を運んだ。

すでにビルダーのみんな、ほとんどが勢ぞろいしている。今日のタニガワさんは、昨日とは打って変わってエスニックな服装で異彩を放っていた。タニガワさんはみんなと談笑しながらも、トレインの動作確認を入念に行なっている。前の日より展示作品が増え、テーブルを華やかに装う。僕は気合いを入れて大きな声で言った。

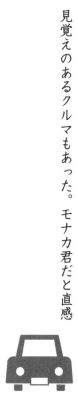

「おはようございます！」

社交的なハルカは一人一人に自己紹介して早くも溶け込んでいる。出展したプロレスの会場をチェックしたくて、僕はその場から外れた。すると「ＴＯＹ　ＭＯＴＯＲＣＡＲＳ　ＳＨＯＷ」の看板が視界に飛び込んできた。僕の四型車も混じって並べられている。ツイッターで閲覧した、見覚えのあるクルマもあった。モナカ君だと直感した。僕はワイドボディのＲＷＢポルシェに視線を注いだ。そばにいた少年が言った。

「はじめまして、ナオトさん」

　僕が言った。

「こちらこそ、モナカさん」

　午前十時にいよいよ鶴見フェスが開始された。

　幹事のタグチさんが、「かなブロ」のネームプレートをみんなに手渡している。神奈川県のブロック倶楽部という意味らしい。そのネームプレートを僕はシャツの裾に付けた。タグチさんが十名くらいの参加者を呼び寄せた。

「おはようございます。作品を提供していただきありがとうございます。展示会ではありますが、わりと落ち着いているので緩くいきましょう。よろしくお願いします」

　僕とハルカはプロレスのアリーナ付近に立って来場者を待った。その隣にはモナカ君の四型車コーナーが設置されている。お客さんが入ってくる。やはり走行中のトレインに目を引かれるようだ。続いてビターさんの作品群。海老が載せられた天井から魚釣りの情景、ほっぺちゃん、機動戦士ガンダム、アイアンマンまで、あらゆるものをブロックで表現していて人気が高かった。ジェイドさんのお花畑をイメージした作品は女性や高齢者が感心していた。

タグチさんはバイオテックのオリジナル・キャラクターやゾイドをモチーフとした怪獣メカを出展。ティラミスさんはプリキュア、ミッフィー、ちいかわ、ポケットモンスターのピカチュウ。タピオカさんはペンギンのピングーとその妹ピンガ、さらにチャーリー・ブラウンとスヌーピーだ。小市民さんはバイクやドラゴン。ハヤオさんはリモコンで動くロボット。作品展示だけの参加となったクロオビさん。彼のベンザウルスという巨大な恐竜は注目を浴びた。

僕とハルカが作ったプロレス会場の反応はイマイチだった。一方、モナカ君の四型車は客足が少しずつ伸びていた。ローライダーやホットロッド、ロードスターに59年製のキャデラック、ドリフト車などバラエティー豊かなラインアップだ。そこにティラミスさんのトレーラー、幼児が乗って遊ぶクルマ、人生ゲームで使われるコマなど題材選びがユニークで面白い。ビターさんの黄色いビートルもちゃんと置いてある。僕はスポーツカーやコンパクトカー、ホットロッドなどの四型車を持ってきていた。

一体成型のシティフェンダーを使った作品が多い。センス、技術、カッコよさ。それら全てにおいてモナカ君の方が優れているのは一目瞭然だった。鼻をへし折られた気分で悔しい。ワイドボディの洗礼を受けた僕は、ショックでその場に居るのが辛くなった。動揺をモナカ君に悟られたくない。僕はリュックサックからデジタルカメラを取り出した。モナカ君の四型車を夢中になって撮りまくった。

正午を過ぎて、タグチさんがお弁当とお茶の引換券をみんなに配った。2つの組に分かれて交代で昼食をとる。僕とハルカは先に食べるグループだった。控室に誘導され、しばらく待つと弁当が届いた。横浜名物のシューマイ弁当とペットボトルのお茶を受け取った。僕とモナカ君とビターさん、ハルカとジェイドさんの5名でおしゃべりをした。ビターさんが言った。

「ナオト君とハルカさんはカップルなの？」

僕が言った。

「幼なじみだけど、まぁそんなもんです」

ハルカは顔を真っ赤にしている。モナカ君が言った。

「いいなぁ～。僕も彼女欲しい」

午後の一時を回って、ブロックに興味津々な一人の小学生が現れた。その男の子はプレイコーナーで楽しそうに遊んでいる。当日は子供たちが実際にブロック玩具を体験できるエリアも用意されていた。男の子は僕とハルカのプロレス会場にも足を止めてくれた。

僕は男の子に声を掛けた。

「こんにちは、来てくれてありがとう」

男の子は無口だったが僕に懐いた。僕とハルカは展示されているブロック作品を男の子に説明して回った。ハヤオさんがブロックのロボットをリモコンで動かし実演している。ハヤオさんが男の子にリモコンを貸した。男の子と僕で鬼ごっこをすることになった。男の子がロボットを操作し、逃げ回る僕に触れようと追いかけた。周囲の人が笑っている。無邪気に迫ってくるロボットを交わそうと焦る僕。途中で不具合があっても、ハヤオさんがすぐに直してくれた。男の子はそれからロボットを上手くコントロールできるようになって、僕は何度もロボットにタッチされた。

午後二時頃に男の子が帰るのを見送ると、入れ違いにモナカ君のお父さんが現れた。モナカ君を迎えに来たらしい。僕とハルカは丁寧に挨拶した。モナカ君はお父さんと嬉しそうに四型車やトレインを見学している。トレインの高架下にはタニガワさんの四型車が置かれていた。ローバーのミニからフューチャーカーまで、どれもこれも素晴らしい。僕は尊敬しているタニガワさんの四型車を観察しカメラに収めた。そうしているうちに会場からアナウンスがあった。

「終了まで残り十分です。参加者の方は四時までに撤収してください」

午後三時に鶴見フェスの幕が閉じた。会場に残った人たち全員で拍手喝采した。僕とハルカはプロレス会場を分解してドラムバッグに入れた。そして四型車をクリアケースに詰めた。帰る準備が整い、僕らはトレインの片付けを手伝った。タグチさんが言った。

「サイゼリヤで打ち上げをしたいと思います。出られる方は挙手願います」

僕とハルカ、モナカ君、ジェイドさん以外が手を挙げた。タグチさんが記念品のタオルを一人一人に贈った。最後にみんなでプレイコーナーのブロックを山分けした。

ドロップアウト

十一月になり僕はそのまま高校を退学した。心配した両親が学習塾を探してきて僕に入るよう命じた。不登校になった生徒の面倒を見てくれるという。渋々だが行ってみると、みんな勉強せずにゲームで遊んでいる。塾長である新庄が僕にスターウォーズのブロック製品を見せた。僕がブロック玩具にハマっていることを両親から聞いたらしい。余計なことを……と僕は思った。先回りされて非常に不愉快だった。

「無理に合わせようとしなくていいです」

新庄先生が言った。

「気に障ったら申し訳ない。僕も昔からブロックを集めているし、塾に来てくれる子供たちもブロックで遊ぶのが大好きだから。つい嬉しくて……」

すると、一人の少年が寄ってきて僕と先生に割って入った。新庄先生が少年に向かって質問した。

「タクミ君、この宇宙船知ってる？」

「あのですね先生、知らないわけないじゃないですか。ミレニアム・ファルコンでしょ」

タクミ君が興味深そうに僕を見ている。恥ずかしくなって僕は視線を逸らした。

本棚に参考書と交じってクルマの模型が置かれていた。アリタリア・カラーのランチア・ストラトス。雑誌とネットの画像でしか見たことがない。１９７１年デビューのＷＲＣ世界ラリー選手権を席巻したスーパーカーである。

「もしかしてストラトスをご存知で？」

「えぇ、まぁ……一応」

「君ぐらいの若さで知ってるなんて珍しい」

「ブロックで作ったことあるんで。下手だけど」

「それはすごい。今度ぜひ見せていただきたい」

「ホント下手なんで。見せられる出来じゃありません。全然似てないんで……」

そんなこんなで勉強しなくても済みそうだし、やりたいことを好きにやれる環境も崩さずにいられそうだから、とりあえず僕は学習塾へ通うことにした。

僕は自宅では相変わらず四型車に取り組んでいた。鶴見フェスで目撃したモナカ君のワイドボディが刺激になっていた。モナカ君のＲＷＢポルシェに対抗したい。ポルシェなら以前にシティフェンダーを使って制作した経験がある。それを応用すればいい。問題はオーバーフェンダーをどう表現するかだ。モナカ君のポルシェより迫力を出すためには、フェンダーを分厚くして強調する必要があった。タイヤとその周辺を六型まで拡張しようという案が浮かんだ。

モデルにしたのはポルシェ９３０ターボ。ふくよかなリアフェンダーが特徴だ。またリアだけでなくフロントフェンダーの張り出しもかなり大きい。僕が目指すワイドボディにぴったりの題材だ。出だしはポルシェのアイデンティティーとも言える円筒形ヘッドライト。フロントウィンドウの付け根にペグ穴付きプレートを２枚並べる。そのペグ穴に丸いブロックを差し込んで伸ばす。末端に透明の丸いプレートで蓋をする。中央のボンネット部分はカーブスロープで傾斜させた。

フロントフェンダーはまず端にポッチが2個付いているタイルでタイヤの上を覆う。そしてボンネットの下に側面スタッドブロックを敷く。向きを横に変えるためだ。さらに逆ブラケットで方向を転換させる。斜面にポッチが付いていない三角柱のスロープでフェンダーを表現する。バンパーは両側傾斜のカーブスロープで処理をした。

続いてキャビンからリアフェンダーにかけての造形へ進む。ドアミラーの下にヘッドライト用ブロックと逆ブラケットを重ねる。その箇所にやはり同じ三角柱スロープを張った。ようやくこれでフロントフェンダーのアーチを描くことができた。車体の腹部は側面に2つポッチがあるプレートを置いてタイルで被せる。その上にドア専用のパーツを載せる。リアフェンダーもフロントと同様にして組み立て、タイヤ周りを囲む。滑らかなラインを引くことに成功したけれど、別な方法も試したくなるくらい、ワイドボディは魅力で溢れていた。

残りはAピラーからルーフ、Cピラーからリアバンパーの外観を仕上げる。Aピラーを兼ねるフロントウィンドウは33度の風防を選択した。そこにタイルを載せて、先端がカットアウトされたウェッジへとつなぐ。ウェッジの中央にカーブスロープを取り付けて屋根ができた。Ｃピラーは33度と45度のスロープを組み合わせる。その下に透明飴色のプレートを置きリアライトとする。ロック側面に指２本のヒンジプレートを後方へ接続しバンパーと見立てる。最後にウイングとなるフィン付きのスロープを置きポルシェが完成した。

塾の日が来て、僕はリュックサックに出来上がったポルシェ９３０ターボを忍ばせた。個別指導は午後一時半から三時までの九十分。教室のドアをノックすると新庄先生が出迎えてくれた。

「こんにちは。よく来てくれました」

所定の席に座るよう僕は促された。他の生徒は今日も勉強していない様子である。

新庄先生が調子はどうかと僕に尋ねた。

「まあまあです。ずっとブロック弄ってました」

「素晴らしい。ブロックで何をつくったの？」

「ミニカーをつくりました」

「素晴らしいです。どんなクルマ？」

「ポルシェ９３０ターボです」

ここぞとばかりに僕はブロックのポルシェを取り出した。

「素晴らしい。特徴をよくつかめていますね」

「フェンダーにこだわりました」

机に置いたポルシェを新庄先生がじっくりと観察している。

「なんでこんなにフェンダーが角ばっているんですか？」

痛いところを突かれた僕が叫んだ。

「今のパーツじゃこれが限界なんだよ！」

新庄先生が言った。

「本当に申し訳ない。せっかく持ってきてくれたのに軽率でした。本当に申し訳ない」

「確かに実際のポルシェはこんなフェンダーじゃない。タイヤに沿って弧を描くようなラインだけど、それを再現するのは難しい」

「そういう事情を知らないのに、つい実物と比べてしまいました。本当に申し訳ない」

「ワイドボディっていう表現なんです。専用の一体成型パーツもあるんだけどタイヤが大きくなっちゃうし個性を出しにくい」

「なるほど。そのような背景があったんですね。私もつくってみていいですか？」

　社交辞令と受け流し僕は黙った。すると、新庄先生が席を外しあちこちへ動いた。何かを探しているようだ。家庭用のコーヒーメーカーが置かれているテーブルの下に潜り込んだ先生は、ブロックが入っている赤いバケツと青いバケツを見つけて戻ってきた。

　新庄先生が言った。

「ウチの娘が遊んでたやつなんだけど足りるかなぁ。自宅に行けばもっとありますが、とりあえず今日はこんなところで」

　僕はバケツの中身を確認した。基本ブロックが中心なパーツ構成で、四型車に必要とされる細かい部品は少なかった。

「これじゃちょっと厳しいかも……」

新庄先生が言った。

「そうですか……。どうすればいいかな？」

「サイズは少し大きくなっちゃうんですけどモーターカーズチャンプっていうレーシングカーのセットはいかがですか？」

「えっ！　そんなのあったっけ？」

新庄先生がスマートフォンで検索したブロック製品の画像を僕に見せながら言った。

「これかな？　どうですか、ナオト君」

「そうです。これです！」

ランボルギーニ・アステリオンという3モーター式のプラグイン・ハイブリッドを搭載したスーパーカーだった。

「いつの間にこんなシリーズ出てたんだ！」

他にもフェラーリ488GTBやマクラーレン600LT、ポルシェ718ケイマン、ポルシェ718ボクスターが発売されていた。新庄先生の目が少年みたいに輝いた。どれにするか決められない様子で、僕に質問してきた。

「何かおすすめはありますか？」

「好きなのを選べばいいんじゃないですか」

「全部欲しくなっちゃった……」

びっくりした僕が慌てて塾長を止めに入る。衝動買いは後悔することばかりだから。

それでも新庄先生は買う気満々だ。僕が言った。

「1台ずつそろえていった方が無難ですよ」

新庄先生が立ち上がった。塾長専用の机にはノートパソコンが常備されている。先生は自分の席へ向かいマウスを操作し始めた。カチッカチッとクリックする音が僕の心を締めつけた。こんなんで手玉にとられたくない。ただ機嫌を取っているだけだ。

「無理に合わせようとしなくていいです」

新庄先生が僕の隣に座った。いつもの穏やかな表情ではない。

「私は本気ですよ。ブロック玩具もスーパーカーも大好きだからね。分かってくれませんか？」

新庄先生の顔は真剣だ。僕は素直になれないまま突っぱねた。先生が続けて言った。

「『サーキットの狼』っていう漫画を知っていますか？　私はあれの大ファンなんです。リアルタイムでスーパーカー・ブームを経験したんだよ」

『サーキットの狼』やスーパーカー・ブームは雑誌で目にしたことがある。新庄先生が当時を知るスーパーカー少年だったとは思いもしなかった。僕は本棚に飾られているランチア・ストラトスの模型を見つめた。先生がスーパーカーを好きな証拠だ。僕が言った。

「疑ってすみません。ごめんなさい」

そこでドアをたたく音がした。次の生徒がやってきたようだ。僕は帰る支度をして塾長に軽く会釈した。新庄先生の優しい笑顔が戻った。

「来週も楽しみにしています。気をつけて」

想像力を注ぎ込む

十二月が過ぎ、４ＳＳＴＭユーザーグループのリーダーであるワタルさんからメールが届いた。来年の二月に開催される総合模型フェスティバルで四型車を展示するという案内だった。ステッカーや四型車キットを販売するための手伝いが必要らしい。自宅から会場の幕張メッセまでそう遠くはない。ワタルさんと知り合う絶好の機会だと思った。しかし販売員を務めるのは今の僕にとって荷が重い。そういうわけもあり、今回は入場客として参加することに決めた。早速ハルカをデートに誘おうと電話してみた。ハルカは快く応じてくれた。

　高校を辞めた僕には関係がないのだけれど冬休みの時期になっていた。そんなある日、ハルカが僕の家へやってきた。総合模型フェスティバルに興味がある友人を紹介したいそうだ。その友達はハルカと同じ高校へ通っている女子だった。少女が言った。

「はじめまして。マナミと申します」

ハルカが言った。

「私がナオトとモケフェスに行くって話したらマナミも来たいってことなの。お願い！」

ハルカから紹介されたマナミが続けて言った。

「ナオト君のことをハルカから聞きました。マインクラフトが大好きです。よろしくね！」

僕はハルカとマナミを自分の部屋へ招き入れた。マナミが言った。

「うわぁ～おもちゃでいっぱい。秘密基地みたい」

ハルカが言った。

「相変わらず散らかってるね、オタク部屋」

「うるせぇなぁ、俺はこの方が居心地いいの」

マナミは僕の部屋を一通り見回した後、

「私は親戚の家に居候してるから……。部屋にモノを置くスペースがないの」

と言った。

「この部屋、兄貴と一緒に使ってたんだ。兄貴が社会人になって家を出てってからだよ、俺の部屋になったのは。ブロック好きなの？」

「大好きです！　セットを買ってみたいけど置く場所がないし……。マイクラで我慢」

　ハルカが言った。

「ナオト、マナミをブロックで遊ばせてあげて」

「別にいいけど女の子向けのセットないよ」

「わぁ〜いいんですか。私、ブロックなら何でも構わないよ。それより迷惑かけないか心配」

　と言って、マナミははしゃいだ。

　ハルカが言った。

「ナオトは学校辞めちゃって暇だから大丈夫だよね？　遠慮しなくていいよ、マナミ」

　その日からマナミが僕の家へ来るようになった。あまりブロック玩具に関心のないハルカは一年後と迫った大学入試へ向けて受験勉強を開始したようだ。

僕とマナミは購入したけど開封せずに積んであった『路面電車が走る街』というセットを組み立てることにした。

「高そうなの開けちゃって本当にいいの？」

「気にしない気にしない。好きなの作って」

セット内容は路面電車、四型のクルマ３台、六型のレッカー車や配送トラック、ヘリコプター、自動車修理工場、おもちゃ屋、小さな駅、カフェなどバラエティーに富んでいた。

僕はブロックが入った袋を箱から取り出した。マナミは興奮気味に説明書を読んでいる。

僕が袋をテーブルに並べた。

「わぁ～すご～い。こんなにたくさんある」

テーブルいっぱいのブロックを目にしたマナミはテンションが高くなっている。

「なんなら全部つくっちゃっていいよ」

「え〜ナオト君も一緒に作ろうよ」

「俺、説明書見て作るの苦手だから……」

「えっ、どういうこと？」

「マニュアル通りだと作業に感じるから」

「確かにそうかも。私はどうすればいい？」

「初心者は説明書見て作る方が無難だけど」

「そうね。分かんないとこ教えてくれる？」

「もちろん！　混乱させちゃってごめん」

マナミはどれから手をつけていいか決めあぐねている。あえて僕はそっとしておいた。

僕は自分の机でノートパソコンを開き、総合模型フェスティバル、通称モケフェスについて調べた。年に２回、冬季と夏季に開催される日本最大のガレージキットコンベンション。近年は完成品フィギュアの販売やお披露目の場、映像企画のプレゼンテーションや声優・歌手らによるステージショー、中古トイの売買やコスチュームプレイ等でも急速に規模を拡大している。いわゆる日本最大の3Dオタクイベントだ。

ようやくマナミがブロックで遊び始めた。建物から着手するようだ。ゲームのマインクラフトに夢中なこともあって、マナミは筋がいい。説明書を片手にパーツを探し進めている。彼女にアドバイスすることはなさそうだ。僕はノートパソコンを閉じた。

「やっぱり実際に触れる方が楽しいね！」

「気に入ってくれて嬉しいよ」

「マイクラより面白いけど遊ぶ場所がない」

「デジタル・ブロック・デザイナーを使えば？」

「何それ？　初めて聞いた」

「パソコンでブロックを組み立てるソフトだよ」

「そんなのあったんだ。やってみたい！」

「公式のホームページから無料でダウンロードできるはずだよ。俺は使ってないけど」

年が明け、冬休みも終わり、ハルカとマナミは学校生活に戻った。僕は一ヶ月後に迫ったモケフェスへ向け、どんな四型車を作るか悩んでいた。参加する4SSTMメンバーは一台展示できるとワタルさんのメールに記載されていた。そこにはもう一つ注意書きがあった。特定のメーカーや車種ではない四型車を持ってきてほしい。当日版権システムというものがモケフェスにあり、それを取得すれば展示可能だが、今回ワタルさんは使わないようだ。その条件が妙に引っ掛かり、僕は先へ進めないでいた。実車の再現を重視しない僕にとっては都合が良いはずなんだけれども、なぜか気乗りしなかった。得意なスポーツカーとスーパーカーよりも、何かこれまでと違うジャンルのクルマを表現してみたらどうだろうか。手探りの中、ようやくクルマ雑誌から題材を見つけ出した。モーガンのエアロクーペというレトロモダンなクラシックカーだった。

　ボディラインはフロントからリアフェンダーにかけて滑らかな曲線を美しく描いている。タイヤ周りは前後とも一体成型のマッドガード、通称シティフェンダーを使うことにした。シティ・シリーズのセットに多用されているので、そういう名前が付けられていた。形状はタイヤを覆う半円のフェンダー・アーチ・モールで、リアルな自動車らしく見せることができるアイテムだ。シティフェンダーを選択したので、今回はボディ中央部から取り掛かった。6ポッチ×1ポッチの長さで両側が傾斜している逆スロープ45度というパーツを据える。その下にレール付きプレートを2枚敷く。高さがブロック2個分の車ドアはクラシックカーに似合う。ボディラインの造形を一部切り捨ててでも、この車ドアを優先した方がいいと判断した。

次にクルマの顔ともいえるフロント部分へ進んだ。側面がカマボコ型のブロックをボンネットに見立てた。プレート付き曲面ブロックと長さ4ポッチのカーブスロープを組み合わせてフェンダーに載せる。ラジエーター・グリルとなる専用パーツを縦に積むのではなく横へ寝かせて取り付けたい。方向転換用ブラケットをボディとフェンダーの間に入れる。タイヤとの干渉を防ぐため逆ブラケットで隙間埋めをする。ボンネットとグリルをつなぐことに成功しヘッドライトまで辿り着いた。L字のコーナープレートをフロントマスクに貼る。その上部へ無色透明の丸タイルを付けライトも完成させた。バンパーは両側傾斜のカーブスロープで処理をした。その下へプレート4

枚分の高さがある特殊タイルを横にしてくっつける。エッジを効かせるためだ。

フロントガラスには寸法４×４×１の風防パーツを採用した。屋根は２×２のカーブスロープ２枚と先端がカットアウトされたウェッジをつないだ。Ｃピラーは45度のスロープ。その下に向きを変えるためのプレートを置いた。そこから曲面ブロックで車体後方へと伸ばす。さらにその下へタイルを敷き、アーチ状ブラケットでタイヤの干渉を防ぐ。おしまいにリアのライト。カットアウトされた45度スロープに丸プレート１枚と透明赤色の丸タイルを貼った。

そうしてクラシックカーが出来上がった。フェンダー周辺の描写を省略した分、モデルにしたクルマと一目見た感じでは似ていない。だが、それでいい。四型車はデッサンじゃない。四型という限られたスケールで全てを詰め込むのは無理なのだ。それに手本としたクルマは屋根が付いたタイプであった。ドアとルーフを両立させるためには妥協しなければならないポイントだったんだ。ブロックのクルマに正解はない。その時々で得た知識や感じたものを素直に注ぎ込めばいい。

フェスティバル

そうこうしているうち、総合模型フェスティバルが開催される二月七日になっていた。僕とハルカは地元の駅にいた。外は晴れていたが、この季節は寒い。待ち合わせの時間から少し遅れてマナミが現れた。

「ナオト君、お久しぶりです。待ちました？」

僕に挨拶した後は、マナミは楽しそうにハルカとしゃべっている。女性特有の連帯感もあって、僕が入り込む隙はない。早くもマナミのペースだ。常磐線で柏駅まで四十五分。そこで乗り換えて新松戸へ向かう。さらに武蔵野線で西船橋を経由し目的地の海浜幕張駅へ到着した。

正午を過ぎていた。改札口を通り抜けると、いっそうにぎやかな雰囲気に包まれた。流れに沿って歩いていたらモケフェス会場の幕張メッセが見えてきた。入場チケットとなるガイドブックを購入するため三十分ほど列に並んだ。順番がやってきてスタッフに入場料二千円を手渡す。三人とも支払いを終えて会場の中へ進もうとした。そこでマナミが言った。

「コスプレに参加したいんだけど……」

事前に聞かされていなかったので、僕はかなり焦った。三人でガイドブックとにらめっこした。コスプレを希望する場合、まず受付で登録を済ませないといけないようだ。僕たちはその場所へ移動することにした。

８ホール北側にあるインフォメーションまで赴くと、コスプレの受付を待っている行列があった。それに続いて並んで二十分後に順番が来た。コスプレ登録シールと注意書きを渡されたマナミは更衣室へ向かったようだ。取り残された僕とハルカ。ハルカが先に僕に話しかけた。

「ナオトごめん。ブロック観に行きたいよね？」

「気にすんなよ。ブロックの場所教えときたい」

「うん。どのホールだっけ？」

「7―20―02。このホールの隣だけど」

支度に手間取っているのかマナミはなかなか戻ってこない。

「ナオト行ってきなよ。あとは私に任せて」

僕はハルカの申し出に甘えて、その場から離れた。もう一度ガイドブックでブロック玩具のブースを確認すると、ここからすぐ近くにあることが分かった。その方向へぶらぶら歩いていると、ブロックで作られたロボットが視界に入ってきた。その近辺を行ったり来たりして、どんな様子か探ることにした。

モーターで実際に動く仕掛けが施された回転寿司屋は注目の的だった。他にもバイオテックを素材とした生命体などレベルの高い作品が集まっている。

その一角にワタルさんの出展している四型車があった。自分から声を掛けられない僕はしゃがんで展示されている四型車を見つめていた。ローライダー、ホットロッド、ピックアップ・トラックなど個性豊かで見ていて楽しくさせられる。それに加わりジャックさんのクラシックカー、ガーデンさんの超絶低いスーパーカー、ニッケルさんのキッチンカーも展示してあった。

僕が眺めているとスタッフに話しかけられた。

「何か気になるものはございますか？」

慌てて僕がスタッフのネームプレートに目をやると、ワタルさんだった。

「はじめまして。いつもツイッターでお世話になっているナオトと申します」

「いいえ、こちらこそ。四型車ある？」

「はい。下手ですがお願いします！」

僕はリュックサックから白いクラシックカーを取り出した。ワタルさんが自身の青いスポーツカーを引っ込めて、そのスペースに僕の四型車を置いてくれた。僕はワタルさんのグループに入れてもらえたような気がして誇らしくなった。ワタルさんが言った。

「長野には来られますか？」

「はい。できれば参加したいと思ってます」

「そうですか。アワード狙ってくださいね」

毎年五月に開催される四型車の祭典。それが「ＣＯＯＬ　ＴＯＹ　ＭＯＴＯＲＣＡＲＳ　ＳＨＯＷ」である。ブロック玩具のオフ会では唯一ともいえる審査が付いたイベントだ。クルマのジャンルごとにそれぞれ賞が設けられている。開催地は主宰のワタルさんが住んでいる長野県だ。すでにネット上でエントリーが開始されていた。

「おーい、ナオト君。お待たせ！」

声の先には流行のアニメ衣装に身を包んだマナミがいた。その隣でハルカは恥ずかしそうにしている。三人でブロック玩具の展示物を見て歩くことにした。

「ナオト君とハルカさんじゃん、久しぶり」

鶴見フェス以来のタグチさんとタピオカさんが声を掛けてきてくれた。僕たちのことを覚えていてくれて嬉しかった。

「あの～、これ要ります？」

これまた鶴見フェス以来のティラミスさんにも再会した。オフ会用の名刺を作ったそうだ。僕らはありがたくそれを受け取った。その後はブロック・ビルダーに挨拶して回ったり、デジタルカメラで作品を撮影したりするのに夢中だった。あっという間に時が過ぎ、イベントも終盤へ突入していた。

「ナオトさんの四型車、拝見しましたよ」

ちょっと前に知り合ったジャックさんが、僕の所へ足を運んできてくれた。僕が言った。

「恐縮です。クラシックカーは難しい」

「モデルはモーガンのエアロクーペですか？」

「よく分かりましたね。似てないけど……」

「そんなことないですよ。特徴をつかんでる」

お世辞だとしてもジャックさんに作品を見てもらえたのは光栄なことであった。

ジャックさんはクラシックカーで名を馳せている達人だった。思いもつかないアプローチで組み上げるスタイルは他の追随を許さない。今回出展された青いクラシックカーも素晴らしい逸品で、それに比べると僕の作品は稚拙だった。

新たな挑戦

長かった冬が過ぎ去り、春休みの季節になっていた。いつものように学習塾へ行くと、見知らぬ女の子が僕の席に座っていた。僕を見かけた新庄先生が言った。

「紹介します。ウチの娘のミレイです。ナオト君とブロックのことを話したら、会ってみたいって言い出して……。迷惑かな？」

塾長の娘であるミレイさんが言った。

「はじめまして、衣笠君。新庄ミレイと申します。いつも父がお世話になって、本当にありがとうございます」

礼儀正しく品行方正なミレイさんの人柄に、僕は好意を持った。

「どうも、衣笠ナオトです。ブロックでミニカーをつくってます。よろしくお願いします」

ミレイさんがポケットからスマートフォンを取り出した。新庄先生と僕、ミレイさんの三人でミレイさんのブロック作品を見た。どうやらミレイさんは積分と呼ばれるブロックの組み方でキャラクターを再現しているらしい。その中には僕が好きな『ご注文はうさぎですか？』というアニメのキャラであるチノとティッピーもあった。

「すげ〜じゃん！　ごちうさ好きなの？」

「はい、ＤＶＤも全部そろえています」

その日から僕とミレイさんは塾の廊下でアニメを観るようになった。『ラブライブ！　虹ヶ咲学園スクールアイドル同好会』のＢｌｕ－ｒａｙディスクを僕が持ってきた。ミレイさんは天王寺璃奈というキャラが好きで、僕は近江彼方だった。

そうしているうちに春休みも終わり、四月の時期へ突入していた。ワタルさんが主宰する「ＣＯＯＬ　ＴＯＹ　ＭＯＴＯＲＣＡＲＳ　ＳＨＯＷ」の開催まで一ヶ月を切っていた。僕はそのイベント用に開設されたホームページへアクセスしてみた。そしてエントリーフォームに自分のハンドルネームやＥメールアドレスなどを記入して送信した。僕は、大会に向けて張り切っていた。新しい四型車を作ろうと気合いが入った。

まずはランボルギーニを意識したシザーズドアのスーパーカー。ボディのカラーは迷うことなく黄色にした。キャビンの床面から着手する。中央に２×６のプレートと２×１のプレートを据えた。その両横に１×２のレール付きプレートと４×２のウェッジプレートを敷く。その上に側面スタッドありの１×４ブロックを接合する。

さらにその隣へ1×1のヘッドライトブロックを2個置く。そして、ボディのサイド左右に1×3のタイルを貼った。

ドアミラーは、側面にロック式の指が1本付いているヒンジプレート2×1という部品を使った。その左隣へ側面スタッドありの2×2×2／3プレート。その箇所に通称マカロニと呼ばれるタイル2×2ラウンドコーナーを2枚貼って、フェンダー・アーチ・モールができた。

そして、いよいよシザーズドアの表現だ。まず上部に指が1本付いたロック式のヒンジタイル1×3を取り付けた。そのタイルの指とヒンジプレート1×2端に指2本を噛み合わせる。そこへ無色透明の1×1ヘッドライトブロックと、同じく透明1×2ブロックを載せてサイドウィンドウにする。そのヘッドライトブロックの正面スタッドに1×1×2／3三角柱スロープをくっつけてAピラーとした。そこからカーブスロープ1×2でルーフへと伸ばしてタイル1×2が続く。その下には1×3プレートとBピラーの1×1ブロックを置いた。シザーズドアの造形に成功。そのドアをカチッカチッと上に跳ね上げてみる。垂直に立つダイナミックな機構だ。

シザーズドアの間をウインドスクリーン5×2×1・2／3で処理した。その上に2×4のタイルを載せ、先端がカットアウトされたウェッジ3×4×2／3でつなげる。Cピラーは大胆にカーブスロープ6×1のブロックを採用した。後輪のフェンダーにもやはり前輪と同じタイル2×2ラウンドコーナーを2枚貼る。その周辺のダクトは18度に傾斜したスリット入りスロープ2×1×2／3を取り付けた。リアは側面スタッドありのプレート2×2×2／3をポッチが下になるようくっつけた。そこへ表面にスタッドがないスロープ45度2×1カットアウトというパーツを逆組みした。リアのライトは丸いタイル1×1を並べた。ライトの色は外側からトランスオレンジ、トランスレッドだ。

ウイングは、まず取っ手付きのプレート1×2にタイル1×4を載せた。そのタイルの両端にカーブトップブロック2×1×1・1／3をつけた。上部にクリップが付いたタイル1×1を車体後方へ2つ置いた。クリップに取っ手を装着して、ワイドなウイングが出来上がった。残るはフロントの造形。前輪のフェンダーの下にレール付きプレート1×2を敷く。そこへ側面スタッドありのプレート2×2×2／3を載せる。サイドにタイル1×2を貼った。車体正面には1×2&1×4のブラケットを付けた。その部分へ黒いグリルのタイル1×2を2枚貼る。ボンネットの急な斜面は三角柱スロープを使って表現した。最後にトランスブラックのライトを埋め込み、スーパーカーが出来上がった。

その要領でガルウィングドアの青いスーパーカー、屋根を折り畳める赤いオープンカーと、次々に作っていった。他にはウェッジをフェンダーに見立てたレーシングカー3台と、ワイドボディのスポーツカー4台。これら合計10台のラインアップでアワードへ挑むことにした。

悔しい思い

長野へ遠征する五月三日がやってきた。この日の夜にプリゲームは開催される。翌日が本番のメインゲームだった。張り切っていた僕はまず始発の常磐線に乗って一時間で上野駅へ到着した。そこから新幹線を使って九十分で目的地の長野駅に着いた。

　長野駅から歩いて宿泊するホテルへと向かった。そこでチェックインを済ませて、ロビーの椅子に座った。スマートフォンでワタルさんに電話をかけた。

「もしもし、ワタルさんですか？　COOL TOY MOTORCARS SHOWに参加させてもらうナオトと申します。今、長野へ着きました！」

「どこのホテル？　一人でウチに来られる？」

「大丈夫です！　では、今からそちらへ向かいます！」

　ワタルさんが自宅の住所を教えてくれたので、ホテルのフロントでタクシーを呼んでもらった。十分くらいでタクシーが来て、運転手に行き先を告げた。しばらくして、駐車場でポルシェ９４４を洗車しているワタルさんの姿が見えた。

「お久しぶりです、ワタルさん！」

　もう一人、ワタルさんの手伝いをしている青年がいた。ミリタリーのブロック作品で有名なタクポンさんだった。礼儀正しいタクポンさんが自分から挨拶してくれた。

三人でワタルさんの愛車を洗った。

　昼になって、ワタルさんが用意してくれたカップヌードルをみんなで食べた。ワタ

ルさんの部屋でアニメ『けものフレンズ』と『結城友奈は勇者である　～鷲尾須美の章～』を観た。僕に気を遣ってくれるタクポンさん。タクポンさんがツイッターで相互フォローしてくれて本当に嬉しかった。そんなふうに過ごしているところへスペアリブさんがバイクで登場。北海道から参加のレモネードさんも駆けつけて、会場である長野県民会館へ荷物を運ぶことになり、ワタルさんのポルシェ９４４にブロック作品を積んだ。助手席に僕は乗った。

長野県民会館に到着すると、会場となる広い会議室へエレベーターで何度も往復してブロック作品を運び込んだ。たくさんの細長いテーブルを中央に集めて土台とする。その上にワタルさんとタクポンさんが持ってきたブロックの建物などインフラを設営した。カーショーエリアは32ポッチ×32ポッチのベースプレートを１４７枚も使っているそうだ。その広大なスペースに四型車を置いていく。国内だけでなく海外からも送られてきたブロックのミニカーがズラリと並んだ。僕もロードプレートに、持ってきた10台の四型車を飾った。ＬＥＤによるライトアップが行なわれ、会場の照明が落とされる。テーブルの上だけが光り、周辺は薄暗くなった。その場に居合わせた数名のビルダーが拍手した。

夜の十時近くになってプリゲームも終わり、僕はホテルへ戻った。会場の外はすっかり闇で覆われている。土地勘のない僕は道に迷ってしまった。それでも街灯を頼りになんとかホテルへと辿り着いた。ホテルの部屋に入った僕は興奮が冷めやらない状態だった。明日のメインゲームが控えているのに全然眠れない。深夜にホテル近くのコンビニエンス・ストアで飲み物と食べ物を買って、ホテルの部屋でスマートフォンを片手に食事を済ませた。ツイッターで＃４ＳＳＴＭと打って検索してみたら、プリゲームの様子を撮影した写真が投稿されていた。時計は深夜三時を過ぎていた。ようやく落ち着いた僕はもう一度ベッドの上で横になった。

朝の八時に目が覚めた。シャワーを浴びて、シャンプーで洗髪した。歯磨きして、服を着替えて、ホテルをチェックアウト。手配してもらったタクシーに乗り長野県民会館へ到着した。メインゲームが始まる午前九時へぎりぎり間に合った。すでに十数名のビルダーが集まっていた。

「おはようございます！」

僕は元気よく挨拶して会場に入った。午前十時になりミーティングが始まった。ワタルさんが今日のスケジュールを説明した。

カーショーエリアのレイアウトは南側にサンビーチとパーティーホテルで、北側が立体駐車場だった。タクポンさんが作ったカーディーラーも堂々と置かれている。今回集まった四型車は３５０台を超えているらしい。僕は夢中になって、みんなの四型車をデジタルカメラで撮った。噴水がある広場にはジャックさんの作品を始めとするクラシックカーが集まった。パーティーホテル外にある道路へ置かれたのは、ダンデライオンさんが作ったラリーカーだ。プールが付いたパーティーホテルにはクラフトさんのフェラーリ・テスタロッサとギルドさんのランボルギーニ・ディアブロ。ジャンボさんのフェアレディZや、モナカ君とマリオネット君がそれぞれに作ったレーシングカーもあってにぎやかな雰囲気だ。

相変わらず人見知りな僕は、誰かが声を掛けてくれるのを待った。そして、自分のハンドルネームが書いてあるネームプレートを首からぶら下げた。みんなの輪に飛び込もうとする勇気がどうしても湧いてこない。僕は一人でいるビルダーを狙って交流することにした。一眼レフカメラを首に下げて四型車を観察している青年がいた。僕が言った。

「はじめまして、ナオトと申します」

　青年が言った。

「こちらこそ。ヒデって呼んでください」

　僕はツイッターでヒデさんをフォローしていた。そのことをヒデさんに告げると快くフォローバックしてくれた。『そふてにっ』というアニメに登場するキャラクターをモチーフとした四型車がヒデさんの一推しだそうだ。僕もヒデさんの『そふてにっ』推しツイートに影響されて、作品をチェックしていた。『そふてにっ』は中学生のテニス少女が全国大会を目指すという漫画を原作としている。ヒデさんは今回、そのテニス少女たちをイメージした四型車にチャレンジしたのだそうだ。ヒデさんは、それを擬人化ならぬ擬車という造語で表した。

　マリオネット君にも声を掛けた。彼は普段ブロック・トレイン界隈で活動していて、その動画をＹｏｕＴｕｂｅへ投稿するビルダーだった。そんなマリオネット君に作品を紹介してもらった。まずはル・マン24時間レースにも参戦したレーシングカーであるポルシェ917Kだ。赤色の車体に白いラインが何本も引かれたカラーリングでフォルムも見事だった。次は映画『バック・トゥ・ザ・フューチャー』に登場したデロリアン。タイムマシンにもなるという劇中車の設定は世に広く知られている。彼がタイヤを直角に折り畳んでホバー・コンバージョンという飛行モードへ変形して見せた。スバル・インプレッサWRXにおいては初代から三代目までそろえてくる熱の入れようだった。

正午を過ぎると昼食のために、ほとんどの人が会場外へ出た。ワタルさんが僕に声を掛けてきた。

「ナオト君、昼ごはん食べないの？」

「大丈夫です。僕も留守番します！」

僕とワタルさんが残されて二人になった。ワタルさんは三脚を使ってYouTube配信用動画の撮影に集中している。僕は参加者全員で競うドラッグレース用のクルマを作ることにした。朝のミーティング時に渡されたプルバックモーターをベースに、ワタルさんが用意したランダムなブロックのパーツから組み立てるという条件であった。そのパーツが入ったプラスチック・ケースに手を入れて探してみた。

　自宅にあるパーツで作るのとは勝手が違って戸惑った。面倒くさくなった僕は色も形もバラバラなクルマで、その場をしのぐことにした。

　午後の二時になり、みんなが別のテーブルへ集まった。ローライダーによるホッピング・バトルが始まった。競技内容は一分間の制限時間でクルマを飛び跳ねさせるというものだ。ホッピングの高さや美しさ、クルマの仕組みを基にワタルさんが審査した。勝ち残ったレモネードさんとモナカ君で対面バトルが行なわれた。その勝負を制したのはモナカ君だった。

　午後三時にはドリフト・バトルが開始された。タカラトミーから発売されたドリフトパッケージナノというラジコンの小型シャーシをベースにした四型車で争われた。練習走行で一周して二周目からが本番となる。右90度コーナーから連続する左180度ヘアピンを抜けて、審査席前の短い直線というコースだった。追走形式で前後を入れ替えて走る。どれだけ車体を振って滑らせることができるかで審査を行なう。圧倒的なテクニックで勝ち進んだモナカ君がこのバトルでも優勝した。

夕方の四時に参加者全員でドラッグレースをした。トーナメント戦で、最後まで勝ち上がった一名はそのマシンを持ち帰ることができる。やる気のない僕は一回戦であえなく敗退した。このドラッグレースで強さを誇ったのはブロック・ミリタリー界隈でも人気がある古賀さんだった。彼のマシンは軽量で空気抵抗も小さい本気仕様だった。全てのレースをフルスピードで駆け抜けて、勝者になった。

予定されていた競技が終わって、アワードを発表する夕方五時が迫っていた。僕は自分のクルマが受賞できるかドキドキしていた。ワタルさんが四型車を選んで、別のテーブルに設置された表彰台へ運んでいる。最優秀ジ・アウトローはタクポンさんの痛車だった。最優秀コンセプトはヒデさんによる白銀の騎士を想起させるフューチャーカー。最優秀ストックもやはりヒデさんのホンダ・ヴェゼルだった。最優秀クラシックはジャックさん。最優秀エキゾチックはレモネードさんの近未来的なパトロールカーだ。最優秀トラックもレモネードさんが獲得した。最優秀ホットロッドはモナカ君。最優秀レーシングはジェリーさんのポルシェ９１１であった。最優秀スタンスはモナカ君のマツダ・ロードスター。最優秀カスタムもモナカ君の日産シルビアだった。そして、今回エントリーされた四型車３５０台から最も優れたクルマに与えられる大賞は、バンドエイドさんのフォード・マスタングというマッスルカーに決まった。

表彰台には僕の四型車が1台もなかった。もちろんアワードを一つも取れないことは想定内だったけど、自信があっただけにこの結果は納得できない。ワタルさんの選考理由も上の空で聞いていた。早く家に帰りたい。その場に居るのが辛くなった僕は荷物をまとめて会議室から出た。会場の長野県民会館を後にして、歩いて長野駅へと向かった。

二十分後、僕は長野駅のホームに立っていた。期待が大きかっただけに、その分ショックでいっぱいだった。今までの人生で初めて心から悔しいと思った。自動販売機にエナジードリンクがないか探してみたけど見つからない。そこで、オロナミンCを買い一気に飲んだ。気分転換できた僕は胸を張って自宅へ帰ろうとした。

そんなときにモナカ君の姿が見えた。マーブルさんに乗用車で長野駅まで送ってもらったそうだ。気まずい雰囲気になった。アワードを３つ受賞したモナカ君と無冠の僕。勝者と敗者のコントラストがはっきりと浮かび上がった。僕が先に口を開いた。

「モナカ君、アワードおめでとう」

新幹線が来たので二人で自由席に乗り上野駅まで話をした。

「ナオト君のレーシングカーも格好よかった」

と言って、モナカ君が僕に配慮して励ましてくれた。上野駅へ到着するまでの九十分が長く感じられた。上野駅で僕は常磐線に乗り換える予定だった。モナカ君はそのまま終点の東京駅まで乗るそうなので、僕らは上野駅で別れた。

ブロック国家創設

自宅へ戻った僕はノートパソコンを開いて、ツイッターにログインした。フォロワー数が増えていたので、自分の気に入った人へフォロー返しをした。いつも僕はパソコンを点けっ放しで、ツイッターのタイムラインに入り浸っていた。特にアッシ君やスイカワリ先輩と仲良しだった。僕ら三人はブロック玩具やラブライブが好きで、ブロックライバーと呼ばれていた。スイカワリ先輩はバイオテックで彫刻のように美しい騎士や生命体を作る名人だった。流暢な英語を使う大学生で、ドラゴンフォースというイギリスで活動する多国籍なパワーメタルバンドに傾倒していた。一方のアツシ君は北陸地方の高校に通っていた。『ガールズ&パンツァー』に登場する戦車をブロックで再現することが得意である。好きなアーティストはクラリスという二人組の女性ユニットだ。

　社会人になって自立した僕の兄はブロックで戦車や戦艦、戦闘用ロボットを作っていた。兄は引っ越した時にブロックを持っていかなかった。仕事で忙しいからブロックで遊ぶ時間もなく、効率の良いプラモデルに変更せざるを得なかった。僕の部屋には、兄が作ったブロック作品も飾られてある。長野でアワードを1つも獲れなかった僕はフラストレーションが溜まっていた。そして僕の四型車にかける情熱は燃え尽きていた。そこで僕は、兄のミリタリー作品を撮影してツイッターで投稿した。するとミリタリービルダーが興味を示してくれて、彼らと相互フォローの関係になった。ブロック・ミリタリー界隈では、アンソニーさんが最も尊敬を集めている。次はクロイスさんで、ブロック国家のアリストラリア共和国を中心に展開していた。その中で人気なのはアリストラリア共和国に本社を構える半国営の民間軍事企業アームズ・サプライだ。クロイスさんは自分の作った兵器をライセンス生産という形で供与していた。デジタル・ブロック・デザイナーで設計した兵器の説明書を仲間に配るということらしい。クロイスさんは自分の技術をブラックボックス化せず初心者にもオープンな態度で接していた。アームズ・サプライはトイ・ブロック界隈で死の商人と畏れられるくらいインパクトがあった。そして、幹部候補の若手ビッグ３はタクポンさん、メンボウさん、グリフォンさんで、実質的に彼らが主役だった。

僕は相互フォローしていたフィンテク君のフランシア連邦共和国を見習うことにした。フィンテク君はブロック国際連盟の事務総長も務めていた。フランシア・タイムスという新聞でニュースをツイートしているのが面白かった。

僕もオアシス王国というブロック国家を立ち上げることにした。イギリスのロックバンドであるオアシスから名前をそのまま頂戴した。主な産業は自動車製造で、それを国内向けに販売しているという設定だ。国歌はオアシスの『リヴ・フォーエヴァー』に決めた。

ブロック国家は青い仲間たちと赤い仲間たちに分かれていた。青が民主主義で、赤は社会主義のようだ。俗に赤い仲間たちは共産趣味者と呼ばれもしていた。僕は迷わずフィンテク君と同じ青い仲間たちのグループへ加入した。フィンテク君は政治家を目指しているだけあって、表やグラフでプレゼンテーションするなど本格的だった。僕もフランシア・タイムスを真似たブリック・テレビジョンでツイートした。

【ブリック・テレビジョン　ギャラガー・チャンネル　～オアシス王国誕生～

ブロック国家を立ち上げることが決まったオアシス王国のノエル王とリアム王による所信表明。ノエル王「俺たちの歌でブロックの世界を平和に導いてやる！」リアム王「赤い仲間たちなんて無視して、やりたいことやって自由に生きようぜ！」】

僕はブロックで四型車しか作れなかった。ブロック国家を発足するにあたり、何か目玉となる作品が欲しかった。兄が作ったものではなく自分だけの戦車やロボットをそろえたい。でも、ミリタリーの世界は詳しくないしロボットは難しそうだ。そこで僕は兄に電話で連絡して事情を説明した。兄から戦車とロボを1台ずつバラしてもい い許可が下りた。早速、兄の戦車を解体して構造の理解に努めた。キャタピラ部分は複雑で面倒くさいから兄の機構を流用させてもらうことにした。

こうしてWWEに登場するDージェネレーションXをイメージしたスポーティーな戦車が出来上がった。黒地に赤のカラーリングで、砲塔部分はプリントパーツを多用した。僕はその戦車を撮影して、画像付きツイートで次のように投稿した。

【ブリック・テレビジョン　ギャラガー・チャンネル

～新型DX戦車の開発に成功～　ノエル王が担っていたオアシス王国の軍事は、弟であるリアム王に継承された。それを記念してリアム王が戦車を開発した。迷彩柄とは違うド派手な色使いが強烈だ。フラッグシップと位置づけられたDX戦車の量産はしない】

長野で開催された「COOL　TOY　MOTORCARS　SHOW」で知り合って相互フォローの関係にあったトモヤン君がイイね！　を押してリツイートしてくれた。トモヤン君は都内の進学校に通うブロック・ミリタリー・ビルダーである。

四型車にも力を入れていて、ブガッティ・ヴェイロンやラブライブに登場する星空凛の痛車も素晴らしい出来だった。トモヤン君はヘッドフォンが大好きで、一眼レフカメラにも詳しかった。僕もイヤホンマニアであったから、長野でも楽しくおしゃべりすることができた。

　次に僕が着手したのはブロック・ロボットだ。やはり参考にしたのは兄が残した戦闘用ロボで、関節の構造などを学んだ。兄のブロック・ロボは『フロント・ミッション』というゲームに影響されていた。僕は兄のロボットをベースにしたプロレスラーロボで行こうと思った。小さな人形が乗れるよう腹部に操縦席を設けた。最初に出来たのは赤×黄でカラーリングしたハルク・ホーガンロボだった。その調子でストーン・コールドロボ、ドウェイン・ジョンソンのリングネームでもあるザ・ロックロボ、カート・アングルロボ、ＨＢＫことショーン・マイケルズロボ、ＨＨＨロボ、ＣＭパンクロボ、ジョン・シナロボを次々に作った。

　プロレスラーロボットの必殺技シーンを撮る段階へ移った。普通にフル・ショットやウエスト・ショットだけ収めても面白くない。とにかくインパクトを与えたかった。

まずはストーン・コールドロボのパイルドライバーから撮影を始めた。

1枚目は対戦相手のロボを上下逆さまに担ぎ上げるショットだ。相手のロボを落とさないように保持するのは大変だった。2枚目は担ぎ上げてからマットへ沈める瞬間である。それらを撮り終えると写真コラージュでレイアウトした。使用したのはソフトをダウンロードしなくてもウェブ上でそのまま作業できるフォトジェットというサービスだ。フレームは4対3で、縦に二分割したスペースへ、プロレス技の画像を挿入する。よりダークな雰囲気になるよう枠線を黒へ変えて写真作品の完成だ。

コツをつかんだ僕は次から次へとプロレスラーロボの写真をコラージュで編集した。カート・アングルロボはジャーマン・スープレックスと関節技のアンクル・ロック。ザ・ロックロボはどうしても投げ技のロックボトムが表現できないので仕方なくチョークスラムに変更した。HHHロボはペディグリー。ショーン・マイケルズロボはスウィート・チン・ミュージックという蹴り技だ。CMパンクロボはゴー・トゥー・スリープという技に入る前の相手を担ぎ上げるシーンだ。ジョン・シナロボの得意技であるFUことアティテュード・アジャストメントは再現が困難なので、パワーボムにせざるを得なかった。最後のハルク・ホーガンロボはビック・ブーツというキックを相手に喰らわせている場面だ。それら８枚の画像をツイッターに投稿すると、再び僕は文章だけでアナウンスした。

【ブリック・テレビジョン　ギャラガー・チャンネル

～８体のプロレスラーロボを開発～　オアシス王国で最も人気の高いプロレスを手本にロボットが開発された。ロボット・プロレスは全世界に向けて放映する予定で外貨の獲得が期待できる。現在は８体のロボットが用意されている。今後も追加する見込みだ】

　フォロワーのプルオーバーさんが僕のプロレスラーロボにイイね！　を押してリツイートしてくれた。プルオーバーさんは凄まじいほどの細かさでブロック・ロボを作るマイスターとも言える存在だった。大学で人工知能について学んでいて、『ファンタシースターオンライン２』というＲＰＧゲームが好きらしい。同じく相互フォローのカキゴオリさんにもカラーリングが良いと褒めてもらえた。カキゴオリさんも大学生で、さまざまなタイプのブロック・ロボを作り分けるオールラウンドなロボビルダーだ。スニーカーが大好きでおしゃれにも気を遣っている感じだった。


大学受験を控えているハルカが久しぶりに僕の家へやってきた。

「ナオト、将来どうするの？　進学するの？」

「知らねぇよ。そんなこととまだ考えたくない」

「私たちのこれからを真剣に向き合ってほしい」

「俺は働きもしないし、勉強もしないから」

「もういい！　あんたなんて知んない！」

一方的に問い詰めて飛び出したハルカを僕は見送ることもできなかった。

そんな嫌な気分を引きずりながら、僕はまた自分の部屋で活動することにした。僕はツイートした。

【大学なんて行っても時間の無駄だって、はっきりわかんだねｗｗｗ】

さらにツイートした。

【大学って自分に自信のない奴がラベルを貼りに行くとこだって、はっきりわかんだ

ね】

僕のこのツイートの後、タクポンさんにフォローを外された。だから僕もタクポンさんへのフォローを外した。さらに僕はツイートした。

【大学行ってないお前がなぜ大学生を庇う？　ボディガードとして利用されてるんだよ】

今度はタクポンさんがツイッターで僕のアカウントをブロックした。ブロックした側は相手にブロックされない限り、相手のツイートを閲覧できる。先行ブロックという卑怯な手口だ。目には目を、歯には歯を、先行ブロックにはブロック返しを。僕もタクポンさんのアカウントをブロックした。続けて僕がツイートした。

【軍人だからって偉そうにしてんじゃねーよ。ブロック・ビルダーから尊敬を集めたくて軍人になったんだろ。ブロックの世界にミリタリーは必要ねーから】

僕はブロック国家のグループを脱退することに決めた。僕はオアシス王国のラスト・ニュースをツイッターに投稿した。

【ブリック・テレビジョン　ギャラガー・チャンネル

～オアシス王国の消滅～　本日をもってブロック国家から離脱することになりました。短い間でしたが楽しく過ごさせていただき、関係者の皆様に感謝しております。脱退した理由は平和の象徴であるブロック玩具にミリタリーは似合わないと思ったからです。ありがとう】

旅立ち

このツイートをした翌日から、十一月に行なわれる高卒認定試験合格のために数学を特訓した。参考書は学習研究社の『はじめからわかる数学１・Ａ』を使うことになった。

第一章は方程式と不等式である。ステップ１は展開公式が利用できる。ステップ２は因数分解ができる。ステップ３は絶対値を含んだ方程式や不等式が解ける。ステップ４は分母の有理化が行なえる。ステップ５は対称式の変形が行なえる。ステップ６は二次方程式が解ける。第二章は二次関数だった。ステップ１はグラフの平行移動を式で行なえる。ステップ２は平方完成により頂点を求めることができる。ステップ３は条件に合わせて、二次関数の設定が行なえる。ステップ４は軸の位置で場合分けをして、最大値・最小値を求められる。ステップ５は二次関数のグラフとx軸との位置関係が調べられる。ステップ６は二次不等式を解くことができる。第三章は三角比だ。ステップ１は三角比の定義が説明できる。ステップ２は三角比早見表の値を覚えている。ステップ３は三角比の相互関係の公式を覚えている。ステップ４は正弦定理が使いこなせる。ステップ５は余弦定理が使いこなせる。ステップ６は三角形の面積公式が使いこなせる。第四章は平面図形である。ステップ１は円に内接する四角形の性質が分かる。ステップ２は角の二等分線の性質が分かる。ステップ３は重心・内心・外心の違いが分かる。ステップ４は円周角と中心角の性質が分かる。ステップ５は円の接線の性質が分かる。ステップ６は接弦定理が使える。第五章は集合と論理だった。ステップ１は集合に関する記号を理解する。ステップ２は集合の要素の個数を求められる。ステップ３は「かつ」と「または」の否定ができる。ステップ４は逆・裏・対偶を説明できる。ステップ５は必要条件・十分条件が判定できる。第六章は場合の

数・確率だ。ステップ1は順列と組み合わせの違いが分かる。ステップ2は同じものを含む順列が求められる。ステップ3は重複に注意して、組分けができる。ステップ4は確率の分母の数え方が分かる（場合の数との違い）。ステップ5は余事象から確率を求めることができる。ステップ6は期待値を求めることができる。

続いて、やはり学習研究社の『はじめからわかる数学2・B』をノートに丸写しした。第一章は式と証明・方程式である。ステップ1は除法の原理が利用できる。ステップ2は恒等式の係数が決定できる。ステップ3は複素数の計算ができる。ステップ4は解と係数の関係が使いこなせる。ステップ5は剰余の定理が使いこなせる。ステップ6は高次方程式が解ける。第二章は図形と方程式だった。ステップ1は直線の方程式が作れる。ステップ2は平行条件・垂直条件が分かる。ステップ3は点と直線の距離が求められる。ステップ4は円の方程式が作れる。ステップ5は軌跡の方程式が求められる。ステップ6は不等式の表す領域が描ける。第三章は三角関数だ。ステップ1は三角関数の値が求められる。ステップ2は三角方程式が解ける。ステップ3は三角不等式が解ける。ステップ4は加法定理が使いこなせる。ステップ5は二倍角の公式を覚えている。ステップ6は三角関数の合成ができる。第四章は指数・対数関数。ステップ1は指数の計算ができる。ステップ2は対数の計算ができる。ステップ3は底の変換公式が使える。ステップ4は指数・対数の方程式が解ける。ステップ5は指数・対数関数のグラフが描ける。ステップ6は桁数が求められる。第五章は微分法・積分法である。ステップ1は微分の計算ができる。ステップ2は接線の方程式が求められる。ステップ3は三次関数のグラフが描ける。ステップ4は積分の計算ができる。ステップ5は積分で面積が求められる。ステップ6は面積公式が使える。第六章は数列だった。ステップ1は等差数列の一般項と和が求められる。ステップ2は等比数列の一般項と和が求められる。ステップ3はΣの公式が使いこなせる。ステップ4は階差数列から一般項が求められる。ステップ5は群数列の規則がつかめる。ステップ6は簡単な漸化式から一般項が求められる。第七章はベクトルだ。ステップ1は分点公式が使える。ステップ2は内積の計算ができる。ステップ3は内積を利用した展開ができる。ステップ4は点が同一線上にある条件が利用できる。ステップ5は点が同一平面上にある条件が利用できる。

数学の参考書を2冊やり遂げて、ものすごい達成感でいっぱいになった。

十一月に数学の科目だけ高卒認定試験を受け、なんとか合格することができた。そのことをハルカに報告したら喜んでくれた。年を越して、ハルカは地元にある国立の大学を受験し合格した。ハルカは実家からバスで大学へ通うようだ。

まだ僕は大学へ行くことに価値を見出せないでいる。だけど、時間はかかっても高卒認定試験の全教科合格という目標へ向かって一科目ずつマイペースで勉強する気持ちが芽生えた。引き続き僕は個別指導の学習塾で新庄先生に面倒を見てもらう。

ブロック玩具を卒業した僕は少し大人に成長できたのかもしれない。それでも僕はブロックと共に歩んだ日々を絶対に忘れないでいたい。

ブロック世界の仲間たち、ありがとう。

著者プロフィール

仲音 英詞（なかね えいじ）

1980年生まれ
岐阜県出身、茨城県在住
著書に『コミックスクール・ライオット』（2012年、文芸社）がある

ブロック・ネットワーク

2024年4月15日 初版第1刷発行

著　者　仲音 英詞
発行者　瓜谷 綱延
発行所　株式会社文芸社
〒160-0022 東京都新宿区新宿1－10－1
電話 03-5369-3060（代表）
03-5369-2299（販売）

印刷所　株式会社エーヴィスシステムズ

ISBN978-4-286-24898-1